# EL CAPITÁN CALZONCILLOS Y EL PERVERSO PLAN DEL PROFESOR PIPICACA

EL CAPITÁN CALZONCILLOS
Y EL PERVERSO PLAN DEL PROFESOR PIPICACA
La cuarta novela épica de
~~DAV PILKEY~~
CABEZA DE CHORLITO
SCHOLASTIC INC.
New York Toronto London Auckland Sydney
Mexico City New Delhi Hong Kong Buenos Aires

Originally published in English as *Captain Underpants and the Perilous Plot of Professor Poopypants.*

Translated by Miguel Azaola.



ISBN 0-439-41037-1



12 11 10 9 8 7 6 5 4 3 3 4 5 6 7/0

Printed in the U.S.A. 40

First Spanish printing, September 2002

A CURRUTACO ATUFABELLOTAS,
CON CARIÑO

# CAPÍTULOS

En nuestras tres últimas aventuras hemos intentado salvar a nuestro director de toda clase de desastres. ¡Se creía un verdadero superhéroe, pero no lo era!
Pensábamos que las cosas no podrían ponerse peor... ¡Pues se pusieron!

Tenían un direktor hodioso que se llamaba señor Carrasquilla.

Bla Bla Bla

Así que se compraron El Hipno-Anillo Tridimensional.

El señor Carrasquilla creyó que era de veraz el Capitán Calzoncillos... Pero no tenía superpoderes de ninguna clase.

Tuvieron la mar de abenturas. ¡¡¡Una vez hasta fueron atacados por un OVNI!!!

¡AY, MADRE!

Luego un floripondio gigante y feroz se comió al señor Carrasquilla.

Vaya, qué oportuno...

AHORA el Capitán Calzoncillos Tiene una fuerza ImPresionante Y hasta puede VOLAR.

La única forma en que Jorge y Berto pueden Impedir que el Capitán Calzoncillos se meta en líos es echarle agua en la cabeza...

PEro, ojo: Porque en cuanto el señor Carrasquilla Oye a alguien cHascar los dedos..

Cuentos Casaenrama
S.A.

## CAPÍTULO 1

# JORGE Y BERTO

Estos son Jorge Betanzos y Berto Henares. Jorge es el chico de la izquierda, con camisa y corbata. Berto es el de la derecha, con camiseta y un corte de pelo demencial. Recuérdenlos bien.

Todos los expertos de la Escuela Primaria Jerónimo Chumillas tenían sus opiniones sobre Jorge y Berto. El señor Regúlez, su tutor, pensaba que los dos chicos tenían un problema de F.O.C.A. (falta de orden, concentración y atención). La señora Misterapias, psicóloga de la escuela, les diagnosticó un S.A.C.O. (síndrome del alborotador crónico ordinario). Pero su director, el odioso señor Carrasquilla, opinaba que estaban sencillamente L.O.C.O.S.

En cambio, si me preguntan a mí, les diré que Jorge y Berto padecían ni más ni menos que de C.E.R.O. (Caso Extremo de Rebeldía Ordinaria).

Porque Jorge y Berto no eran en realidad malos chicos. De hecho, eran unos muchachos muy listos y de buen corazón. Su único problema es que se aburrían en la escuela, de modo que, por el bien de todos, habían decidido encargarse de "animar las cosas" por su cuenta. Una actitud generosa, ¿no les parece?

Por desgracia, a Jorge y Berto esa generosa actitud les creaba problemas de vez en cuando. Y a veces eran GRAVÍSIMOS. ¡Y una vez fueron tan terribles que casi desembocaron en la conquista de todo el planeta por parte de un científico demente y sin escrúpulos a bordo de un robot gigante!

Pero, antes de contarles esa historia, les tengo que contar esta otra...

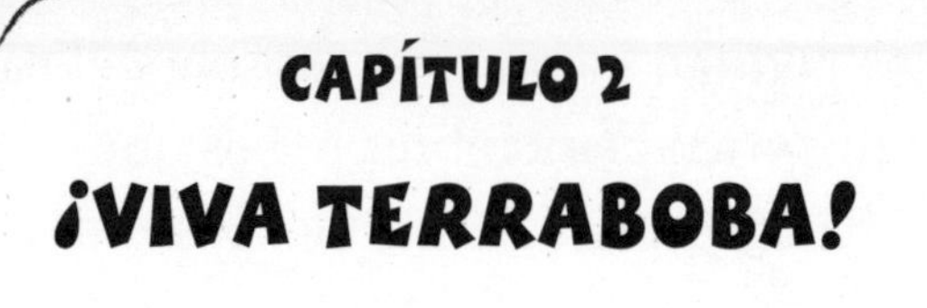

# CAPÍTULO 2
# ¡VIVA TERRABOBA!

Como todo el mundo sabe, Terraboba es un pequeño país justo al sureste de Groenlandia. Probablemente sabrán ya todo sobre sus recursos naturales y su forma de gobierno. Pero hay una cosa de Terraboba que apuesto lo que quieran a que no la saben: todos los habitantes de Terraboba tienen un nombre bobo.

Y si no me creen, pregúntenselo al Presidente, Su Excelencia Don Chorlito Mascachicles Yamburguesas o a su encantadora esposa Chachi.

Ellos podrían contarles todo sobre el patrimonio histórico de nombres bobos que Terraboba conserva con orgullo. Podrían explicarles el profundo valor cultural de los nombres bobos. Y luego seguramente les contarían algo muy largo y muy pesado sobre los orígenes de esa absurda tradición. Conque mejor lo dejamos de momento, ¿no?

Bastará que recuerden que en Terraboba todo hijo de vecino tiene un nombre bobo. Desde el más rico hasta el más pobre, desde el más tonto hasta el más listo.

Y, hablando de listos, permítanme que les presente al ilustre profesor Peponcio P. Pipicaca. Hay una estatua suya en la esquina inferior derecha de la página. Pues bien, el tal Peponcio P. Pipicaca era probablemente la persona más lista de toda Terraboba. Fue el primero de su clase cuando se graduó por la Universidad de Mocoseco, y después dedicó todo su tiempo a crear los más fantásticos inventos.

¿Qué tal si le hacemos una visita?

En su laboratorio privado, el profesor Peponcio P. Pipicaca estaba dando los últimos toques a sus dos maravillosos inventos nuevos: el Cerdoencogetrón 2000 y el Gansoestirotrón 4000.

El profesor Pipicaca llamó a Meloncio Calabacín, su ayudante.

—¡Señor Calabacín —aulló don Peponcio—, estoy listo para probar mis últimos inventos!

Meloncio se puso a tomar notas mientras el profesor apuntaba con su Cerdoencogetrón 2000 hacia un tremebundo montón de basura.

¡BLLLLLZZZZZZZZZRRRRRK!

Un poderoso rayo de energía se estrelló contra la pila de desperdicios y la asquerosa montaña se redujo instantáneamente al tamaño de una pelotilla de chicle.

—¡Hurra! ¡Funciona! —gritó el profesor Pipicaca—. Y ahora, a probar el Gansoestirotrón 4000.

Meloncio y Peponcio apuntaron el Gansoestirotrón hacia un perro caliente con mostaza.

¡GLLLLUUUUZZZZZZZZZRRRRRT!, sonó otro poderoso rayo de energía.

De pronto, el perro caliente se puso a crecer y a crecer hasta que rompió y atravesó las paredes del laboratorio.

—¡Lo hemos conseguido! —exclamó Meloncio.

—¿Qué quiere usted decir con eso de HEMOS? —aulló el profesor Pipicaca—. ¡Lo he conseguido YO! ¡YO soy el GENIO! Usted es un simple ayudante de segundo orden... ¡No lo olvide!

—Lo siento, jefe —dijo Meloncio.

—¡Con estos dos inventos —exclamó el profesor Pipicaca— seré capaz de resolver el problema mundial de la basura Y ADEMÁS produciré alimentos suficientes para todos los habitantes del planeta!

Al fin parecía que los grandes problemas de la Tierra iban a resolverse de una vez para siempre... ¿Quién podría imaginar que muy pocas semanas más tarde el profesor Pipicaca intentaría apoderarse del planeta en un ataque de ira demencial?

Pues bien, queridos lectores, la trágica historia está a punto de empezar. Pero, antes de contársela, tengo que contarles esta otra...

## CAPÍTULO 3

# LA EXCURSIÓN

La Escuela Primaria Jerónimo Chumillas iba a iniciar su gran excursión anual al Palacio de las Pizzas. Todos los niños habían traído los permisos de sus padres y estaban haciendo cola para subir a los autobuses. Jorge y Berto casi no podían esperar a zamparse una pizza y pasarse la tarde jugando con videojuegos.

—¡Vamos a pasarlo FENÓMENO! —dijo Jorge.

—Ya. Si es que llegamos allí alguna vez... —dijo Berto.

—Oye —dijo Jorge—, ¿por qué no cambiamos las letras del rótulo de la escuela mientras esperamos?

—Buena idea —respondió Berto.

De modo que Jorge y Berto se dirigieron rápidamente al rótulo y empezaron a poner en práctica su... eso, su generosa actitud. Por desgracia, los chicos no se percataron de la presencia de una sombra amenazadora que acechaba entre los arbustos.

—¡AJÁ! —exclamó el señor Carrasquilla—. ¡Los he pillado con las manos en la masa!

—¡Ay, madre! —dijo Jorge.

—Je, je —sonrió Berto—. Sólo es una bromita.

—¿Una BROMA? —aulló el señor Carrasquilla—. ¿Acaso creen que eso tiene gracia?

Jorge y Berto se quedaron pensando un momento.

—Pues... sí —dijo Jorge.

—¿Usted no? —preguntó Berto.

—¡NO, yo no! —aulló el señor Carrasquilla—. ¡Yo creo que es grotesco y ofensivo!

—Por eso tiene gracia —dijo Jorge.

—Vaya —dijo el señor Carrasquilla—, así que les gusta reírse, ¿eh? Pues estupendo, les daré un buen motivo. ¡Se quedan los dos CASTIGADOS sin excursión! ¡En vez de comer pizza, van a pasar la tarde limpiando el comedor de profesores! ¿Les parece divertido?

—¡Pues no! —dijo Berto.

—No es divertido en absoluto —dijo Jorge—. Es un castigo cruel y excesivo.

—¡Por eso es divertido! —rugió el señor Carrasquilla.

## CAPÍTULO 4

# CASTIGADOS EN LA ESCUELA

El señor Carrasquilla condujo a Jorge y Berto hasta el armario de la limpieza.

—Pueden usar todo esto para limpiar el comedor de profesores —dijo el señor Carrasquilla—. ¡Quiero que esté RELUCIENTE para cuando vuelva de la excursión!

El señor Carrasquilla salió, subió a un autobús escolar y soltó una carcajada mientras los autobuses arrancaban. Todos los profesores señalaron con el dedo a Jorge y Berto y se rieron también.

—¡Qué mal! —dijo Berto—. ¡Pensé que hoy nos íbamos a divertir!

—Todavía podemos divertirnos —dijo Jorge—. Todo lo que necesitamos es esa escalera de mano, esa bolsa de pegamento en polvo y esas cajas grandes llenas de gusanitos para embalajes.

Jorge y Berto se llevaron el material en cuestión al comedor de profesores y pusieron manos a la obra.

Una vez allí, Jorge jaló la manguera del fregadero y, con un poco de cinta adhesiva, fijó la manivela en la posición de "abierto".

Luego los dos chicos volvieron a poner la manguera en su sitio tras asegurarse de que apuntaba en la dirección deseada.

A continuación, Jorge sujetó la escalera mientras Berto trepaba por ella hasta el ventilador del techo y depositaba abundantes dosis de pegamento en polvo en cada hoja de la hélice.

—¿Está bien así? —preguntó Berto.

—Sí —dijo Jorge—. Trata de poner la mayor parte en las puntas de las hojas.

—Entendido —dijo Berto.

Jorge cerró todas las persianas mientras Berto conectaba el ventilador de forma que se pusiera a girar al encenderse la luz. Por último, los dos chicos llenaron la nevera de gusanitos de poliespuma para embalajes.

—Esto va ser divertido —dijo Berto.

—¡No para los profes! —se rió Jorge.

## CAPÍTULO 5

# EMPIEZA LA DIVERSIÓN

Una o dos horas más tarde, los autobuses regresaron a la escuela. Todos los niños se bajaron, recogieron sus cosas y se dispusieron a volver a sus casas.

El señor Panfilotas, el profesor de ciencias, estaba a cargo del autobús aquel día. Todos los demás profesores rodearon a Jorge y Berto y empezaron a burlarse de ellos.

—¡Fue una excursión DIVERTIDÍSIMA! —dijo la señora Pichote—. ¡QUÉ RICA estaba la pizza!

—Quería traerles un pedazo —dijo el señor Magrazas—, ¡pero me la comí toda!

Arrojó una caja de pizza vacía a los pies de Jorge y Berto y todos los profesores se retorcieron de risa.

—¡Quizás puedan lamer el queso del fondo de la caja! —rugió el señor Carrasquilla.

Por fin los profesores se cansaron de burlarse de Jorge y Berto y fueron a descansar un rato a su comedor.

—¡Eh! ¿Por qué está esto tan oscuro? —preguntó el señor Magrazas al tiempo que encendía la luz.

El ventilador del techo empezó a dar vueltas lentamente...

La señora Pichote abrió el grifo del fregadero y un chorro de agua la empapó de arriba a abajo.

—¡AAAAAHHHH! —chilló—. ¡Cierren el grifo de agua!

Los demás profesores se lanzaron a ayudarla y también se mojaron.

El ventilador del techo giraba cada vez más deprisa y el pegamento en polvo había empezado a volar a través de las hélices.

Los profesores forcejearon con el grifo, empujándose y dándose codazos hasta que alguien consiguió cerrarlo... cuando todos ya estaban ¡completamente EMPAPADOS!

El ventilador del techo giraba ahora a la máxima velocidad. Todo el polvo depositado en las hojas había sido lanzado al aire y caía flotando sobre los profesores mojados.

—¡Pero qué rayos...! —exclamó el señor Magrazas.

—¿Qué es esta cosa pegajosa? —aulló la señorita Antipárrez.

Para entonces, todos los profesores estaban cubiertos de una pasta viscosa y pegajosa. No hacía falta ser un genio para saber que Jorge y Berto tenían que estar detrás de aquello.

—¡Como me hayan tocado mi gaseosa, se van a enterar esos mocosos! —chilló la señora Pichote.

Corrió al refrigerador y abrió la puerta de golpe.

Inmediatamente, miles de copos de poliespuma invadieron la habitación y el aire del ventilador empezó a dispersarlos de un lado a otro.

Como es natural aterrizaron sobre lo más pegajoso que había a mano: ¡los profesores!

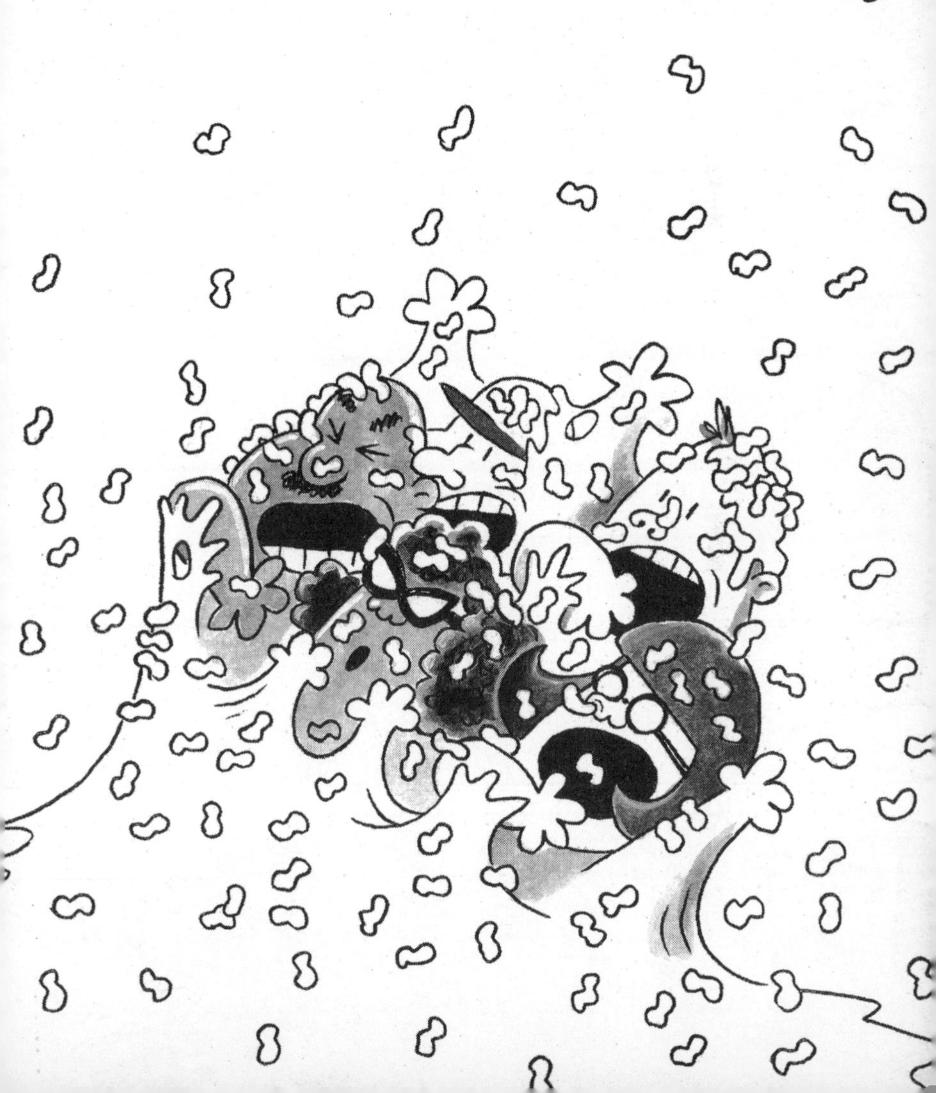

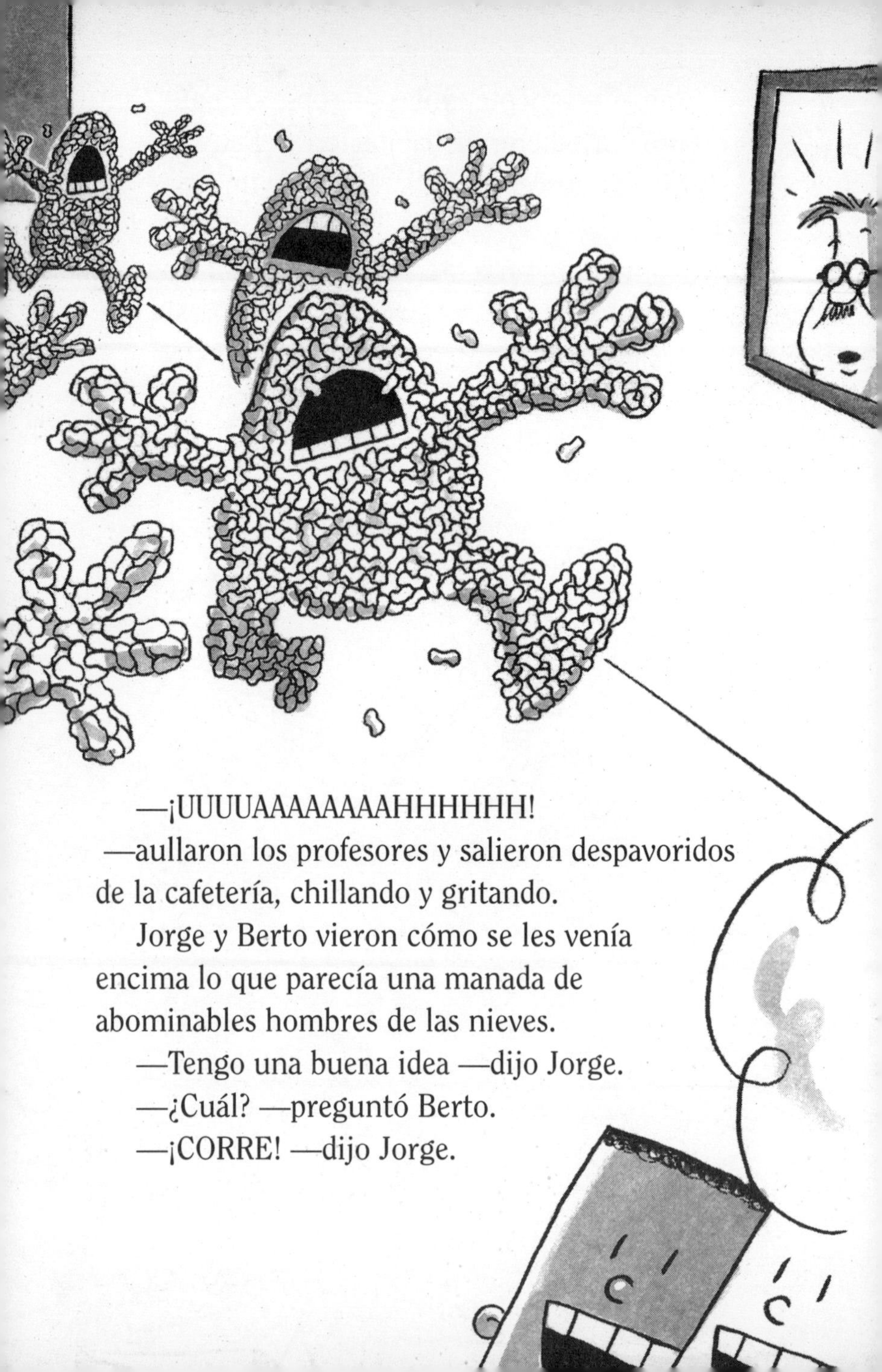

—¡UUUUAAAAAAAAHHHHHH!

—aullaron los profesores y salieron despavoridos de la cafetería, chillando y gritando.

Jorge y Berto vieron cómo se les venía encima lo que parecía una manada de abominables hombres de las nieves.

—Tengo una buena idea —dijo Jorge.

—¿Cuál? —preguntó Berto.

—¡CORRE! —dijo Jorge.

## CAPÍTULO 6

# ADIÓS, SEÑOR PANFILOTAS

Al día siguiente, el señor Panfilotas, profesor de ciencias de Jorge y Berto, llamó a la puerta del señor Carrasquilla.

—¿Qué quiere usted? —ladró el señor Carrasquilla.

—He... he venido a presentar mi renuncia —dijo el profesor—. Ya... ya no lo resisto más.

—Un momento, colega —dijo el señor Carrasquilla—. ¡Ser profesor es un trabajo duro! Y uno no lo deja así, sólo porque las cosas no...

—No lo entiende usted —dijo el señor Panfilotas—. ¡Creo que me estoy derrumbando!

—¿Qué quiere decir con eso? —preguntó el señor Carrasquilla.

—Mire —dijo el señor Panfilotas—, todo empezó hace unos meses, cuando soñé que me devoraba un inodoro parlante. Luego empecé a oír gruñidos de perros y maullidos de gatos en clase. Más tarde imaginé que la escuela había sufrido una inundación de pegamento verde... y ayer, sin ir más lejos, creí ver a un grupo de abominables hombres de las nieves que perseguían a dos chicos por el pasillo...

—Un momento, Pancho —dijo el señor Carrasquilla—. Todo eso tendrá una explicación.

—... y hace unos pocos días —continuó el señor Panfilotas— me pareció ver a un tipo grandullón, gordo, calvo y en ropa interior, que salía volando por la ventana.

—¡Carámbanos! —dijo el señor Carrasquilla—. ¡Pues usted SÍ que está loco de atar!

De modo que el señor Panfilotas presentó su renuncia y cambió la Escuela Primaria Jerónimo Chumillas por los aires más saludables del "Asilo para Amenazados por la Vida Real" del Valle de Chaparrales.

—¿Y ahora, dónde encuentro yo un nuevo profesor de ciencias en dos días? —se preguntaba el señor Carrasquilla—. ¿Dónde? ¿Dónde?

## CAPÍTULO 7
# AQUÍ, AQUÍ

¿Se acuerdan del profesor Pipicaca, aquel que les presenté en el capítulo dos? Pues resulta que las cosas no le han ido demasiado viento en popa durante las últimas semanas.

El profesor Pipicaca había llegado a Norteamérica para compartir su Cerdoencogetrón 2000 y su Gansoestirotrón 4000 con el resto del mundo, pero por lo visto nadie quería saber nada de sus inventos. Todos estaban demasiado ocupados...

riéndose del nombre tan bobo que tenía.

Todas las instituciones científicas norteamericanas de primer orden se habían reído del pobre Pipicaca. En la Universidad de Georgetown habían estallado en carcajadas. En la de Harvard se habían desternillado de risa, en la de Yale se habían retorcido de carcajadas y en la Escuela Técnica Superior del Estado de Kompota del Norte casi se asfixian de las risotadas.

El profesor Pipicaca se estaba quedando sin dinero y no sabía adónde acudir. Hasta que un día, en una cafetería de Nueva York, cayó en sus manos un periódico. Peponcio P. Pipicaca encontró en él, como caída del cielo, la repuesta que esperaba.

—¡ESO ES! —gritó—. ¡Seré profesor de ciencias de escuela primaria!

—Trabajaré duro y pronto la gente empezará a respetarme y se dará cuenta del genio que soy. ¡Entonces, presentaré mis grandes inventos ante el mundo!

Peponcio P. Pipicaca estaba convencido de que el único lugar en que nadie se reiría de su nombre sería una escuela primaria.

—Los niños son tan amables y comprensivos... —dijo el profesor—. ¡Siempre se puede confiar en la dulzura y la inocencia de los niños!

## CAPÍTULO 8

# LA DULZURA Y LA INOCENCIA DE LOS NIÑOS

—Hola, niños y niñas —dijo el profesor una semana más tarde—. Soy su nuevo profesor de ciencias. Mi nombre es...

Peponcio P. Pipicaca.

JA-JA-JA-JA-JA
JA-JA-JA-JA
JA-JEE-JEE-JEE
AA-JA-JA
JA
JA-JA
JA-JA-JA
JA

—Ya está bien, tranquilícense, niños. Y las niñas también. Sí, sí, ya sé que es un nombre gracioso, pero dejen que les explique por qué me llamo así. Por favor, niños, cálmense. Les aseguro que no es tan gracioso como parece. A ver... niños, niñas... ¡NIÑAS Y NIÑOS! ¡Hagan el favor de dejar de reír! Muy bien, contaré hasta diez y cuando haya terminado quiero que todos se queden callados para que podamos explorar juntos el maravilloso mundo de la ciencia. Uno, dos, tres, cuatro, cinco, seis, siete... ocho... nueve...

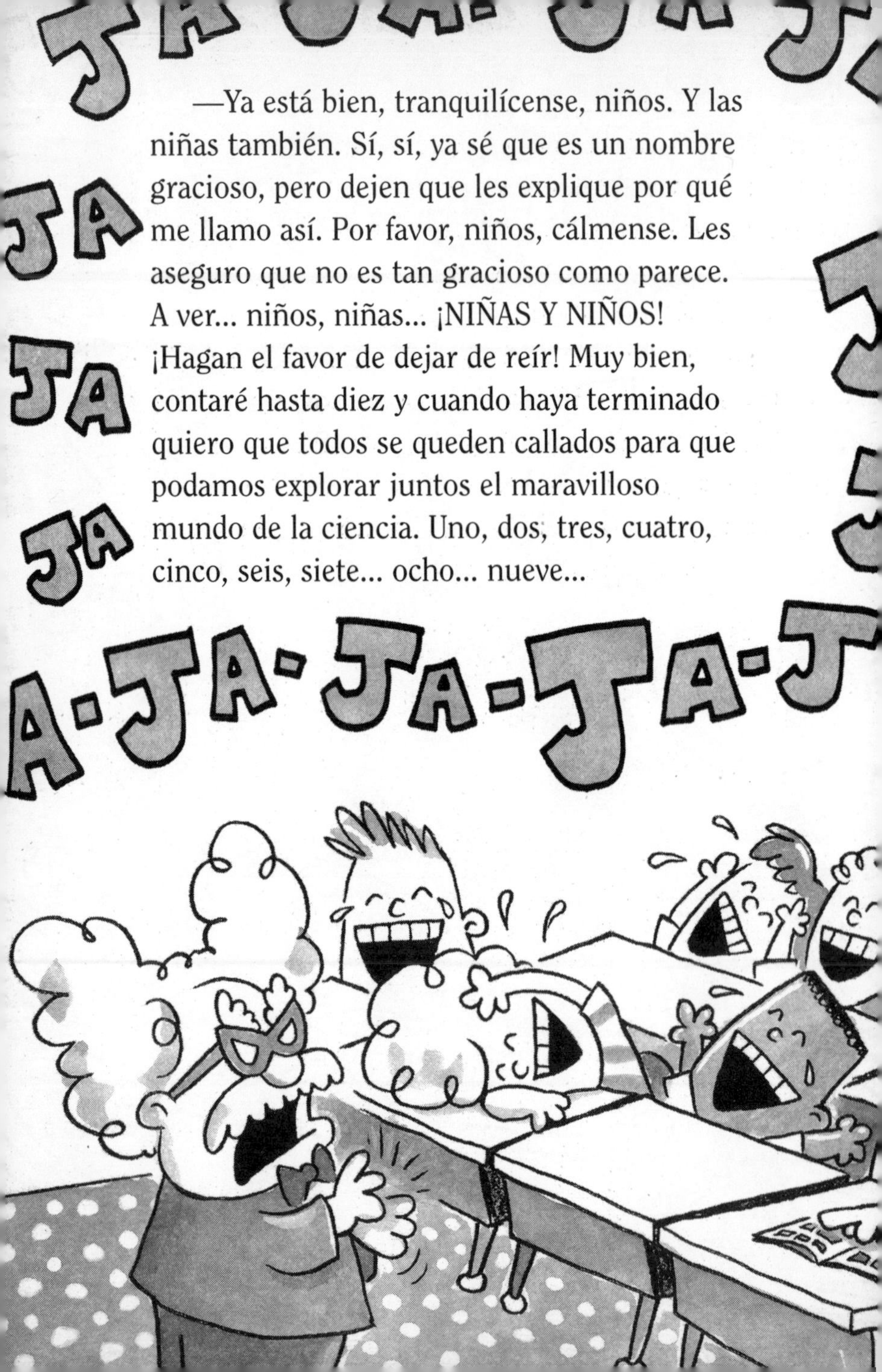

nueve y medio... Vaya por Dios, niños, ¡HAGAN EL FAVOR DE PARAR DE REÍR! Sé que están atrasados en el programa y hay mucha materia que recuperar. ¡Niños, niñas! ¡YA BASTA! ¡No lo repetiré otra vez! ¡NO TIENE GRACIA! ¡No tienen por qué reírse de mi nombre! Estoy seguro de que todos tenemos nombres graciosos, si nos ponemos a pensar. ¡YA ESTÁ BIEN! De acuerdo, niños. Esperaré a que se tranquilicen. Yo puedo esperar...

Una semana después, la situación no parecía haber mejorado y el profesor Pipicaca estaba empezando a enojarse de veras.

—¿Cómo voy a conseguir que me hagan caso estos niños? —se preguntaba—. ¡Ya lo sé! —dijo de pronto—. ¡Inventaré un nuevo artilugio maravilloso!

## CAPÍTULO 9

# EL RATACORRETRÓN 2000

A la mañana siguiente, el profesor Pipicaca se presentó en la escuela con un robot en miniatura de aspecto estrafalario.

—Miren, niños —dijo—. ¡Este es el nuevo invento que he creado basándome en las leyes de la ciencia! Le puse "Ratacorretrón 2000".

Los niños dejaron de reír por un momento y contemplaron con interés el nuevo invento del profesor Pipicaca.

—Como saben, niños —dijo el profesor—, hay personas a las que les gusta correr, y a sus animales de compañía les gusta correr con ellas. Eso es fácil si lo que tienen es un perro o un gato. ¿Pero qué pasa si la mascota que tienen es una rata? ¡Antes eso era un gran problema, pero ya no lo es!

El profesor Pipicaca abrió la cabina de cristal del Ratacorretrón 2000 y metió en ella una rata africana peluda de lo más graciosa.

El roedor apoyó sus patitas en los controles y el artilugio cobró vida. A los pocos instantes la rata africana correteaba alrededor de la clase a bordo de su robot. ¡Los niños estaban entusiasmados!

—¡Fantástico! —dijo Luis Domínguez—. ¡La ciencia es GENIAL!

Y todos los demás niños asintieron.

"¡Esto es maravilloso! —pensó el profesor Pipicaca— ¡Los he conquistado! ¡Por fin voy a poder ENSEÑARLES!".

—Profe —le dijo entonces Jorge—. ¿Qué significa la "P" de su segundo nombre?

—Pedorreto —dijo el profesor con orgullo—. ¿Por qué lo preguntas?

En aquel momento, y con el mismo entusiasmo de antes, los niños volvieron a retorcerse de risa por el ridículo nombre del profesor Peponcio Pedorreto Pipicaca.

El profesor empezó a temblar de ira. Las venas de su frente se hincharon y la cara se le puso de un intenso color rojo.

—Creo que no voy a poder soportarlo —dijo—. ¡Voy a estallar si ocurre una sola cosa más!

## CAPÍTULO 10

# UNA SOLA COSA MÁS

Poco después, en la clase de lectura, la profesora les leyó a los niños el cuento del flautista de Hamelín.

—¿Sabes una cosa? —dijo Jorge—. ¡Ese cuento me ha dado una idea!

Y así fue cómo Jorge y Berto se pusieron a trabajar en su último cuento: El Capitán Calzoncillos y el pedorretista de Chaparramelín.

Después de comer se colaron en las oficinas y sacaron fotocopias para venderlas en el patio de la escuela. Todo habría salido muy bien si un niño de tercero no hubiera dejado su ejemplar en el pasillo.

CAPÍTULO 11
EL CAPITÁN CALZONCILLOS
Y EL PEDORRETISTA DE
CHAPARRAMELÍN
PP
PP
PP
PP
Por Jorge Betanzos y Berto Henares

# EL CAPITÁN CALZONCILLOS Y EL PEDORRETISTA DE CHAPARRAMELÍN

Guión De Jorge Betanzos - Dibujos de Berto Henares

HaBía Una bez, en la Ciudad dE CHAPArrAmelÍN, OHIO, UN profesor de ZlenciAs Que se llamaba Peponcio PipiCaca

mi segundo nombre es Pedorreto.

¡Entonces se le ocurrió un perberso plan!

MUY Pronto, el Ejército de Rata CorretRONes DOS Mil del profesor Pipicaca se puso en marCHA dispuesTO a hacer TODA CLASE de BArbariDADes.

¡Socorro! ¡Los Rata Corretrones DOS mil han imbadido la Cafetería, AcabaN de Comerse unos cuantos bizcochitos y ahorA Están a pUNTo de ATACar al profe de ginasia!

RÁpido... ¡Que alguien Esconda los bizcochitos!

El profesor PipiCaca y su maligno Ejército Rodearon a TODOS Los niños.
¡Síganme! JA JA JA

Esto Parece un TRABAJO Para...

¡EL CAPITÁN CALZONCILLOS!

¿qué problema dicen ustedes quE Tienen?
Me Llevo a estos Chicos para que sean mis ESCLAVos

¿Y quién se HA Creído USTED que Es?
Soy el Profesor PIPICACA

JA JA JA JA JA JA JA JA
JA JA JA JA JA
JA JA JA
JA JA JA JA

El profesor PipiCAca se PUSO frENético. ASI que Apretó UN Botón de su corbata de paJArita...

MÁS POTENTE que unos Calzonazos de Boseador...
¡AUU!

Y capaz de saltar edificios altos gracias a sus canillas SUPERelásticas.
¡TATA-TA-CHÁÁN!

El profesor Pipicaca persiguió a NUESTRO Héroe hasta un CEMenterio de carros.

¡Ya ERES MÍO, guerrero SUPERelástico!
KLUNK

¡VOY a aplastarTE VIVO!
GRAN Multi-APLASTrón 2000

El CAPITÁN Calzoncillos Apretó un botón de su "CINturóN ELÁstico UTILITARIO".
¡CLIC!

Y apareció en su cosTAdo el maravilloso MicroINoDoro JusTIciero. .
CLIC

El CApitÁn Calzoncillos apuntó al PipiRobotrón con el MicroINoDoro JusTIciero.

¡FLUSH!

¡Me he OXIdaDO!

¡EL CapiTÁn CalzonciLLOS Nos ha SALVADO!
¿Y Qué pasA con las PérfidAS Ratas AFRIcanas?
¡No son nada pErFidas!

¡Miren! ¡¡EL profesor PipiCaca las ConTRolaba con ESTE aparato!!

¿Es MÚSiCA?
No.
LOS éxitos de JULIO Iglesias
Escuchen...

HEEEY HEEEY HEEEEEYYYYY
AAYYY
¡SOCORRO!
¡QUE PARen esO!
Así se hace pérfido cualquiera.

De moDo que el CApitÁn CAlzoncillos destruyó el conTroL RemOTo.
TATA-TACHÁÁÁN
¡Aleee-LUUUYA!
CHOF

¡VIvA el CapiTÁn CAlzonciLLOS!
FIN

AbiSO: todas las escenas de crueldad con animales han sido simuladas. En realidad no se ha obligado a ninguna rata africana a escuchar a Julio Iglesias.

Cuentos Casaenrama S.A.

## CAPÍTULO 12

# EL PROFESOR PIPI-KK SE PONE HECHO UNA VA-K

Al profesor Pipicaca no lo habían visto en toda su vida tan furibundo como en aquel momento. De pie en el vestíbulo, algo se disparó de pronto en su frágil cerebro y empezó a sudar y a temblar de forma incontenible.

De pronto apareció en su cara una sonrisa malévola y se dirigió tambaleante hacia su clase vacía hablando consigo mismo entre risas entrecortadas. Llegaría hasta el fondo, pero arrastraría consigo a todo el planeta. Lo había decidido. ¡Peponcio P. Pipicaca iba a apoderarse del mundo!

Pero, antes de contarles esa historia, tengo que contarles... ¡Bah, no importa! Les seguiré contando esta misma.

# CAPÍTULO 13

# CARIÑO, ENCOGÍ LA ESCUELA

El profesor Pipicaca abrió el armario que había en su clase y sacó el Cerdoencogetrón 2000 y el Gansoestirotrón 4000. Sacó también el Ratacorretrón 2000 y se precipitó fuera de la escuela tambaleándose abrazado a sus inventos.

El enloquecido profesor prorrumpió en una carcajada demencial mientras apuntaba hacia el Ratacorretrón 2000 con el Gansoestirotrón 4000.

¡GLLLLUUUUZZZZZZZZZRRRRRT!

El Ratacorretrón 2000 creció de golpe hasta alcanzar una altura de diez pisos.

El profesor Pipicaca empezó la larga escalada de las gigantescas patas del Ratacorretrón 2000. Tardó casi una hora, pero al fin llegó a la gran cúpula de cristal que había en lo alto y se deslizó en su interior.

—Mamá —dijo un niño pequeño que paseaba con su madre—. Un señor viejecito y pequeño acaba de meterse dentro de un robot gigante y está a punto de apoderarse de la escuela.

—¡Por favor! —dijo su madre—. ¿De dónde sacas esas bobadas? ¡Seguro que dentro de un rato me dirás que un enorme superhombre en ropa interior está luchando con el robot gigante en pleno centro de la ciudad!

El profesor Pipicaca estaba ahora al mando del colosal Ratacorretrón 2000. Estiró su poderoso brazo, recogió del suelo el Cerdoencogetrón 2000 y apuntó a la escuela.

¡BLLLLLZZZZZZZZZRRRRRK!

En aquel preciso momento Jorge y Berto estaban mirando por la ventana.

—¡Oye! —dijo Jorge—. ¿No es ese aparato el robot ratonero aquel?

—Pues sí —dijo Berto—. ¿Por qué será ahora tan grande?

—No lo sé —respondió Jorge—, ¡pero está creciendo por segundos!

—Oye... —dijo Berto—, no creo que esté creciendo... ¡Creo que NOSOTROS nos estamos encogiendo!

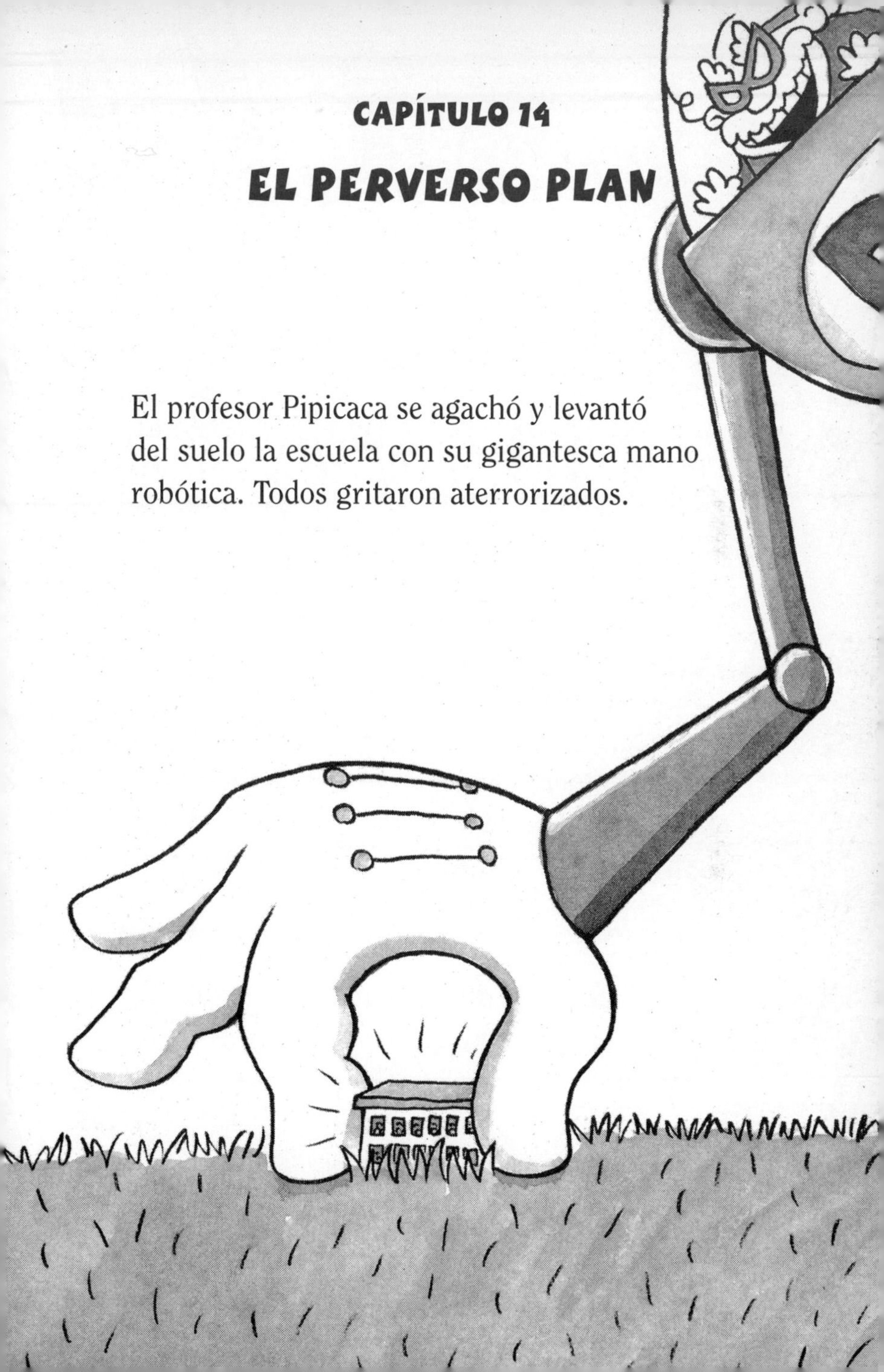

## CAPÍTULO 14

# EL PERVERSO PLAN

El profesor Pipicaca se agachó y levantó del suelo la escuela con su gigantesca mano robótica. Todos gritaron aterrorizados.

A los pocos momentos Laura Martínez, la reportera de Noticias Univista, se presentó en el lugar del suceso.

—¿Qué quiere de nosotros? —gritó la reportera Martínez.

—¡Un lápiz! —chilló el profesor Pipicaca.

—¿¿Un lápiz?? —se asombró la reportera Martínez—. Tenga... aquí va el mío —y lanzó un bonito lápiz amarillo de punta semiblanda hacia el enorme robot.

El profesor Pipicaca estiró su gigantesca mano robótica, recogió del suelo el Gansoestirotrón 4000 y apuntó al lápiz.

¡GLLLLUUUUZZZZZZZZZRRRRRT!

El lápiz creció hasta alcanzar el tamaño de un tronco de árbol y el profesor Pipicaca se apoderó de él.

—Síganme —dijo.

El robot gigante condujo al equipo de televisión hasta el centro de Chaparrales y se plantó delante de tres grandes anuncios publicitarios vacíos. Dejó en el suelo el Cerdoencogetrón 2000 y el Gansoestirotrón 4000 y se puso a escribir con su gigantesco lápiz en los blancos paneles.

## CAPÍTULO 15

# EL CAMBIA-NOMBREMATIC 2000

El profesor Pipicaca pasó varios minutos escribiendo un complicado código en las tres enormes vallas.

Jorge y Berto, junto a casi un millar de sus encogidos compañeros de escuela, observaban al enloquecido profesor desde la pinza de su gigantesca mano robótica.

—¿Pero qué pretende usted, so chiflado? —preguntó el señor Carrasquilla desde la ventana de su despacho.

—¡PUES SE LO VOY A DECIR! —chilló Peponcio Pipicaca—. ¡Todos los habitantes del planeta tendrán que cambiar sus nombres actuales por nombres bobos utilizando estos tres cuadros! ¡Y todo el que no lo haga será ENCOGIDO!

—¿Y cómo funcionan los cuadros? —preguntó el señor Carrasquilla.

—Muy fácil —dijo el profesor Pipicaca—. ¿Cuál es su nombre de pila?

—Puees... No se lo digo —dijo el señor Carrasquilla.

—*¿¿CUÁL ES SU NOMBRE DE PILA??*

—Bueno, bueno —dijo el señor Carrasquilla—. Es Zarzamoro.

Todos los niños prorrumpieron en risas.

—Pues ahora mire el primer cuadro y busque la letra "Z" —dijo Peponcio.

El señor Carrasquilla miró el cuadro.

—Dice "Z= Zoquete" —gimió.

—¡Estupendo! —dijo el profesor Pipicaca—. ¡Su NUEVO nombre de pila es *ZOQUETE*!

Todos los niños se echaron a reír a carcajadas.

—¿*Zoquete* Carrasquilla? —se lamentó el señor Carrasquilla—. ¡Yo no quiero llamarme Zoquete Carrasquilla!

—¡No se preocupe! —rió el profesor Pipicaca— ¡También tendrá que cambiar su apellido!

—¡Ay, madre! —dijo el señor Carrasquilla.

—Su apellido es Carrasquilla. La primera letra es una "C" y la última es una "A". Así que busque ahora la letra "C" en el segundo cuadro y la letra "A" en el tercero.

El señor Carrasquilla miró los otros dos cuadros.

—Dice "C= Manga" y "A= Pepinos".

—¡Magnífico! —exclamó el profesor—. Su nuevo apellido es Mangapepinos.

—¡Madre mía! —se desesperó el señor Carrasquilla—. ¡Mi nuevo nombre completo es *Zoquete Mangapepinos*!

Todos los niños se desternillaron de risa.

—No se rían tanto, criaturas —dijo el profesor Pipicaca—. ¡También ustedes tienen que cambiar de nombre si no quieren que los vuelva a encoger!

Como pueden suponer, nadie quería que lo encogieran dos veces... Así que todos miraron los tres cuadros y compusieron mentalmente sus nuevos nombres bobos.

Feliciana Socarrat se convirtió en Pasmarote Rebañabellotas, Gustavo Lumbreras en Palomino Mascagaitas y el pobre Dioni Cuadrillero pasó a ser Ornitorrinco Mangaflautas.

—Puede que este sea el momento más espantoso de la historia de la Humanidad —dijo la reportera local a los televidentes—. Por lo visto, todos los habitantes de la Tierra deben cambiar sus nombres de inmediato para evitar ser encogidos. ¡Buena suerte a todos! Ha informado Calabacín Afilacallos para Noticias Univista. Y ahora, de regreso con ustedes, Inflachiflos.

## CAPÍTULO 16

# DIPLODOCUS Y ADEFESIO

Estos son Diplodocus Chascagaitas y Adefesio Tragagaitas. Diplodocus es el chico de la izquierda, con camisa y corbata. Adefesio es el de la derecha, con camiseta y un corte de pelo demencial. Recuérdenlos bien.

—¡Tenemos que hacer algo! —exclamó Diplodocus.

—Sí, pero ¿qué? —dijo Adefesio—. Somos más pequeños que unos míseros ratones... ¿Qué podemos hacer?

—¡Buscar a nuestro amigo el Capitán Calzoncillos! —propuso Diplodocus.

Conque Diplodocus y Adefesio corrieron al despacho del señor Mangapepinos y lo encontraron debajo de su escritorio.

—No puedo creer que voy a hacer una cosa así —dijo Diplodocus—. ¡Pero allá vamos!

Y Diplodocus chascó los dedos.

¡CHASC!

Inmediatamente se produjo una curiosa transformación en Zoquete Mangapepinos. Su gesto de preocupación se convirtió en una sonrisa heroica. Se levantó del suelo e hinchó el pecho.

A los pocos instantes el señor Mangapepinos se quedó en ropa interior y se anudó al cuello una cortina roja.

—¡Tatata-cháááááááááán! —gritó el héroe—. ¡Ha llegado el Capitán Calzoncillos!

—¡Fenómeno! —dijo Adefesio—. Pero ese tipo que se cree rata africana dice que desde ahora te llamarás Currutaco Mangagaitas.

—¡Un momento! —dijo el Capitán Calzoncillos—. ¡A mí no me da órdenes NADIE!

—Estupendo —dijo Diplodocus—. Pues sal ahora mismo por la ventana y trae esa maquineja rara con una especie de embudo encima.

—¡A la ORDEN! —dijo el Capitán Calzoncillos.

## CAPÍTULO 17

# EL CAPITÁN CALZONCILLOS ATACA DE NUEVO

El Capitán Calzoncillos se lanzó volando hacia el suelo y se apoderó del Gansoestirotrón 4000. Pero en el vuelo de regreso fue interceptado por el profesor Pipicaca.

El malévolo profesor descargó un rayo energético de su Cerdoencogetrón 2000 sobre el Capitán Calzoncillos.

¡BLLLLLZZZZZZZZZRRRRRK!

De pronto, el Guerrero Superelástico se encogió todavía mucho más que antes. Volvió a entrar volando en la pequeñísima escuela y dejó caer en la mano de Diplodocus el minúsculo Gansoestirotrón 4000 que traía.

—Eh, ¿dónde se ha metido el Capitán Calzoncillos? —preguntó Diplodocus.

—No lo sé —respondió Adefesio—. Creo que lo han encogido tanto que ya no podemos verlo.

—Bueno —dijo Diplodocus—. Por lo menos tenemos el inventito este.

—¿Para qué nos va a servir? —preguntó Adefesio.

—He visto cómo lo usaba el profesor Pipicaca para hacer crecer aquel lápiz —explicó Diplodocus—. ¡Es nuestra única esperanza para recuperar el tamaño normal!

—Ojalá funcione todavía —dijo Adefesio.

Diplodocus y Adefesio corrieron a la cocina de la escuela y subieron al tejado por una escalerilla.

—Si le disparamos un rayo a la escuela con este aparato, a lo mejor todo el mundo recupera el tamaño normal —opinó Diplodocus.

—Buena idea —dijo Adefesio—. ¡Y luego salimos todos zumbando!

## CAPÍTULO 18

# ¿DIOS MÍO, ESTÁS AHÍ? SOMOS NOSOTROS, DIPLODOCUS Y ADEFESIO

Diplodocus apuntó con el Gansoestirotrón 4000 hacia el tejado de la escuela y fue a apretar el botón. Pero el profesor Pipicaca vio a los dos chicos y, con un rápido giro de su gigantesca mano robótica, hizo que Diplodocus y Adefesio resbalaran del tejado y salieran despedidos hacia el suelo.

—¡Ay, MADRE! —aulló Adefesio—. ¡Estamos PERDIDOS!

—Un momento —gritó Diplodocus—. ¿Tienes un trozo de papel?

—¡Sí! —aulló Adefesio—. En el bolsillo. ¿Pero de qué nos sirve ya?

—¡Rápido! —gritó Diplodocus—. ¡Haz un avión de papel!

—¿De qué tipo? —preguntó Adefesio.

—¡DE CUALQUIER TIPO! —gritó Diplodocus—. ¡PERO HAZLO AHORA MISMO!

Adefesio dobló velozmente el papel en forma de cohete.

—¿Qué tal este modelo? —gritó.

—¡Genial! —aulló Diplodocus—. ¡Ahora, sujétalo bien!

Diplodocus apuntó al avión de Adefesio con el minúsculo Gansoestirotrón 4000 y apretó el botón.

¡GLLLLUUUUZZZZZZZZZRRRRRT!

De repente, el avión de Adefesio aumentó enormemente de tamaño. Diplodocus y Adefesio cayeron en su interior y el avión de papel se puso a planear por el aire.

—¡QUÉ BÁRBARO! —gritó Adefesio—. ¡Es increíble que haya funcionado!

—¡Todavía no han acabado con nosotros! —aulló Diplodocus.

## CAPÍTULO 19

# EL VUELO DEL PLANEADOR PLEGABLE

Diplodocus y Adefesio tuvieron que reconocer que era muy divertido volar sobre las calles de la ciudad en un avión de papel. Ni siquiera parecía importarles el hecho de que medían poco más de un centímetro cada uno.

Pero podrán imaginar la preocupación de los dos chicos cuando el avión fue derecho hacia una trituradora mecánica.

—¡Ay, MADRE! —gritó Diplodocus—. ¡Vamos a ser TRITURADOS!

Adefesio no fue capaz de mirar. Se tapó los ojos con las dos manos y esperó lo inevitable.

Pero, de pronto, ¡FFFFUUSHHHH!, el avión de papel dio un brusco giro y se desvió rápidamente de la trituradora.

—¡Oye! —gritó Diplodocus—. ¿Qué ha sido eso?

—No lo sé —dijo Adefesio—. ¡Yo no estoy pilotando este aparato!

Apenas habían recuperado el aliento los dos chicos cuando un perrillo vio el avión y echó a correr tras él.

—¡Ay, MADRE! —gritó Adefesio—. ¡Vamos a ser devorados por un PERRO SALCHICHA!

Esta vez fue Diplodocus quien se tapó los ojos.

Pero, lo crean o no, el avión dio un brusco salto y se desvió rápidamente del alcance del perro salchicha.

—¿Has sido tú? —preguntó Adefesio.

—No —dijo Diplodocus—. Habrá sido el viento.

Por fin el avión cayó en un montón de alquitrán, húmedo y pringoso.

—¡Puaj! —dijo Diplodocus—. ¿Puede haber algo peor que quedarse pegado a un montón de alquitrán blanducho?

—Quizá que te despachurre una maquinota apisonadora gigantesca —dijo Adefesio.

—La verdad es que tienes una imaginación desbordante —comentó Diplodocus.

—No —dijo Adefesio, señalando hacia arriba—. ¡Mira!

—¡Ay, MADRE! ¡ Nos van a
APISONAR Y DESPACHURRAR!

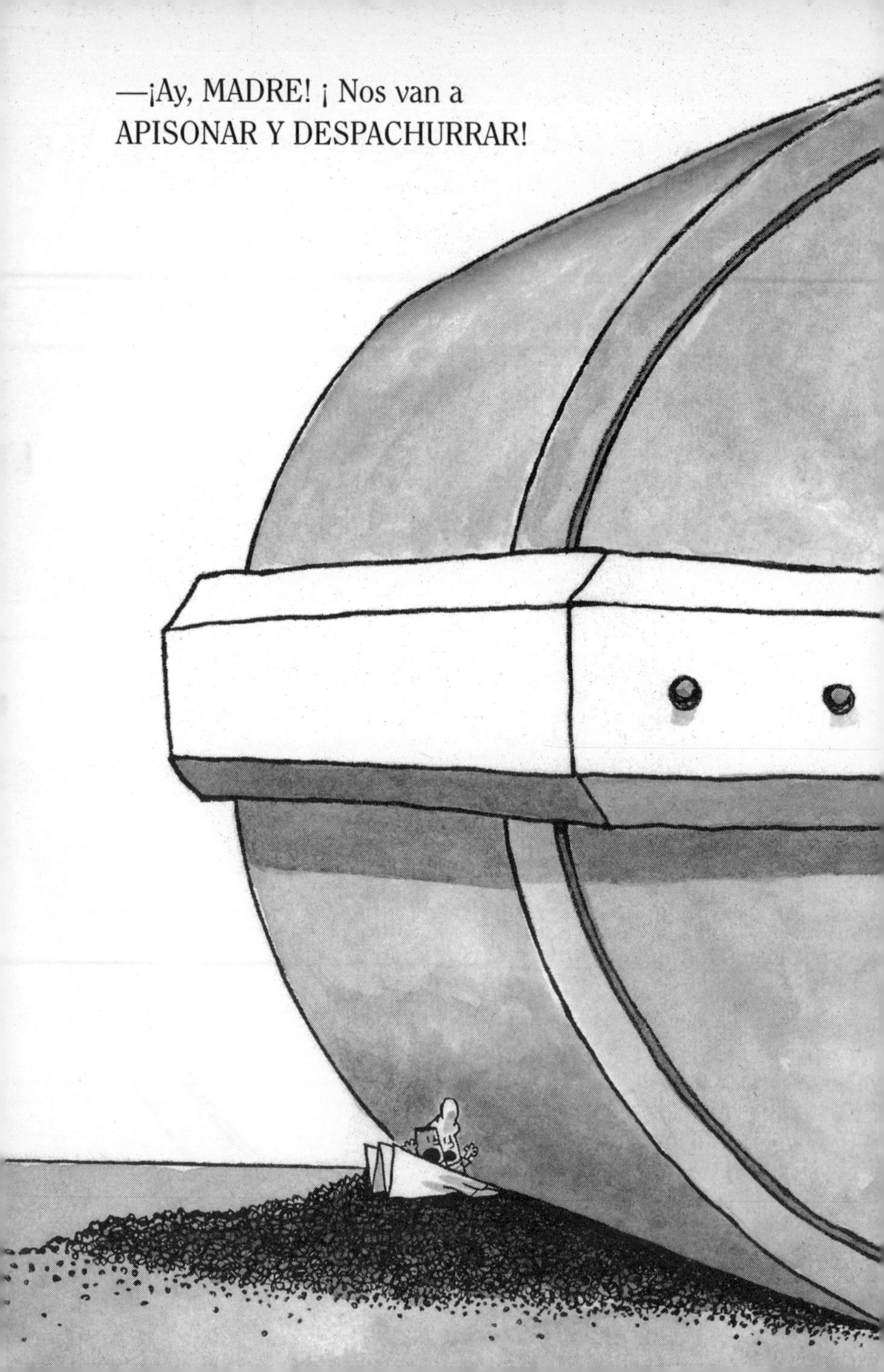

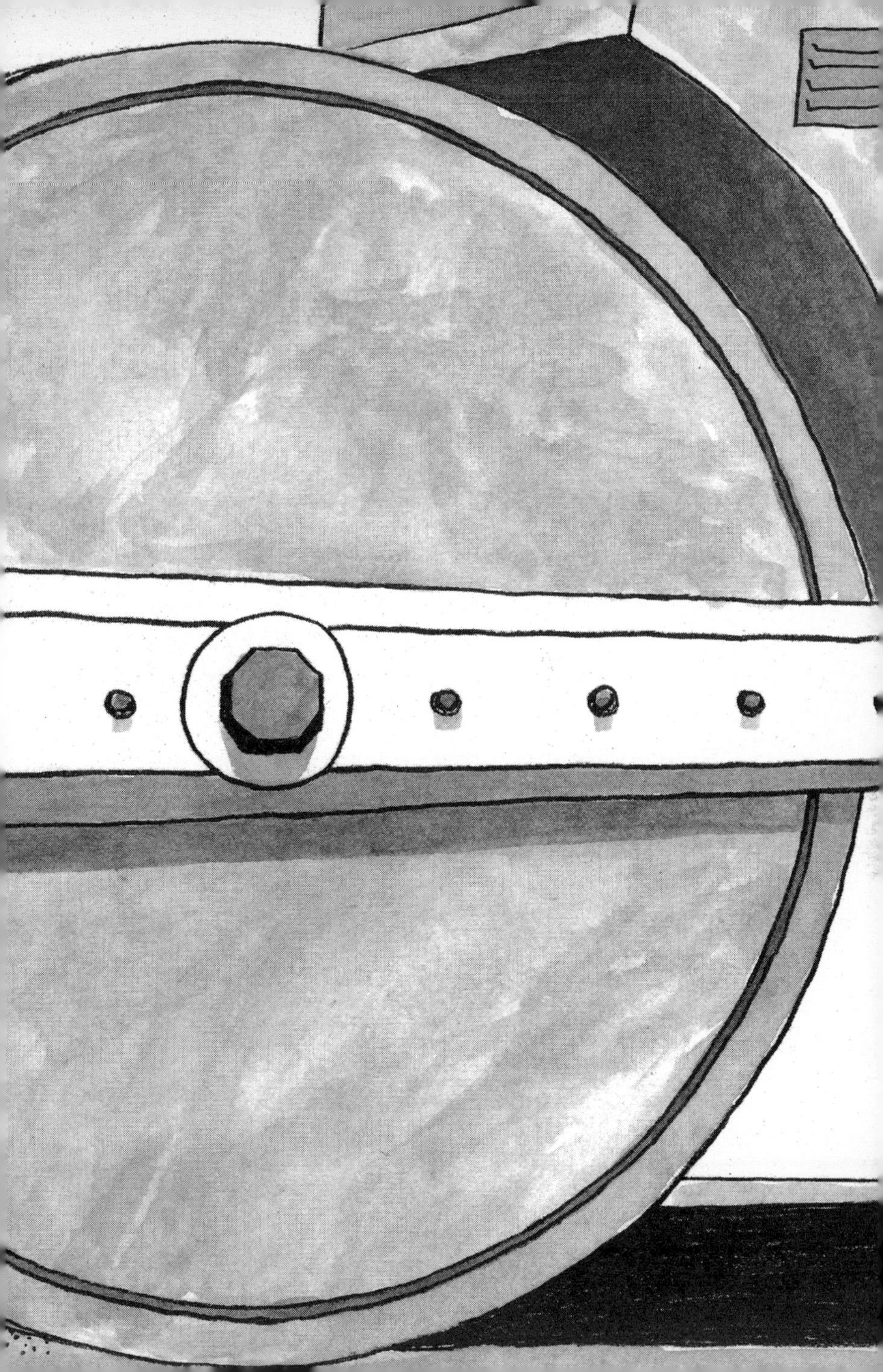

Pero en ese instante algo los levantó por el aire. Estaban salvados.

—¡Algo nos ha agarrado a los dos —exclamó Adefesio—, pero no sé qué es!

—Tiene que ser el Capitán Calzoncillos —dijo Diplodocus—. ¡No podemos verlo por lo pequeño que es!

—¡Seguro que él también ha pilotado el avión y nos ha salvado! —dijo Adefesio.

—¡ES NUESTRO HÉROE! —gritaron los dos a coro.

## CAPÍTULO 20

# CALZONCILLOS TALLA EXTRA-EXTRA-EXTRA-EXTRA-EXTRA-EXTRA-EXTRA-EXTRA-EXTRA-EXTRA-EXTRA-ENORME

Diplodocus y Adefesio aterrizaron sanos y salvos en un callejón desierto.

—Tenemos que hacer crecer al Capitán Calzoncillos para que pueda luchar contra el profesor Pipicaca —dijo Diplodocus—. ¡El destino del planeta está en nuestras manos!

—Pero ¿cómo vamos a hacerlo crecer si ni siquiera podemos verlo? —preguntó Adefesio.

—Buena pregunta —dijo Diplodocus.

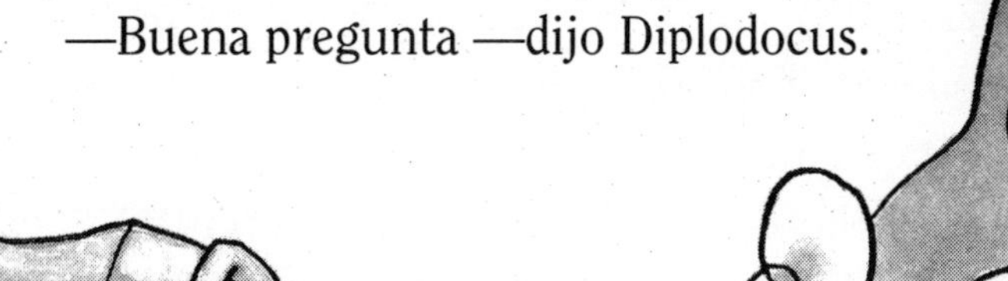

—Un momento —dijo Adefesio—. Tengo una idea.

Y gritó lo más fuerte que pudo:

—¡Capitán Calzoncillos! No podemos verte pero, si nos oyes, vuela y pósate en mi dedo. Podemos volverte grande de nuevo.

Los chicos esperaron unos segundos.

—¡Mira! —dijo Adefesio—. ¡Aquí está! ¿Ves esta motita en mi dedo? Apúntala con la máquina, pero no me dispares al dedo.

—No te preocupes —dijo Diplodocus—. Soy un tirador de primera con este cacharro. No voy a dispararte al...

¡GLLLLUUUUZZZZZZZZZRRRRRT!

—¡VAYA! Lo siento.

Lo bueno fue que el Capitán Calzoncillos había crecido y ya se lo podía ver. Lo malo fue... en fin, digamos que, a partir de ese momento, a Adefesio le iba a resultar muy difícil hurgarse la nariz con la mano derecha.

Diplodocus le aplicó unas cuantas dosis más de Gansoestirotrón 4000 al Capitán Calzoncillos. El Guerrero Superelástico creció y creció y creció hasta alcanzar la altura de un edificio de diez pisos.

Por fin, el colosal luchador se dirigió hacia el absurdo profesor. Había llegado la hora del combate definitivo.

El niño pequeño del capítulo trece iba otra vez de paseo con su madre. Miró hacia arriba y vio a un enorme superhombre en ropa interior disponiéndose a luchar con un robot gigante en pleno centro de la ciudad.

—Mamá —dijo el niño pequeño.

—¿Qué? —preguntó su madre.

—Mmm... Olvídalo —dijo el niño.

## CAPÍTULO 21

# CAPÍTULO DE LA MÁXIMA VIOLENCIA GRÁFICA (EN FLIPORAMA™)

*ADVERTENCIA*

**El capítulo que sigue contiene escenas tan violentas y horrendas que pueden resultar inapropiadas para quienes no sean capaces de aguantar una broma.**

**Si se ofenden con facilidad o si son de los que suelen echar la culpa de todos los males de la sociedad a los programas y a los personajes de los dibujos animados de la tele, corran al supermercado más próximo y cómprense una nueva vida. Suelen encontrarse en la sección "Para espabilarse", junto al mostrador de información.**

**¡Buena suerte!**

Esto es
FLIPO
A través de la Historia del Arte, los artistas han definido su estilo personal creando lo que se suele llamar un "movimiento". Así ha habido, por ejemplo, un movimiento Renacentista, un movimiento Impresionista o un movimiento de Arte Pop.
Hoy, muchos especialistas reconocen que los albores del siglo 21 pasarán sin duda a la historia como la época del movimiento Fliporamista. Gocemos, pues, de este gran logro artístico y admiremos su importancia cultural, ¿bueno?

¡ASÍ ES CÓMO FUNCIONA!

**Paso 1**
Colocar la mano izquierda dentro de las líneas de puntos donde dice "AQUÍ MANO IZQUIERDA". *Sujetar el libro abierto del todo.*

**Paso 2**
Sujetar la página de la derecha entre el pulgar y el índice derechos (dentro de las líneas que dicen "AQUÍ PULGAR DERECHO").

**Paso 3**
Ahora agitar *rápidamente* la página de la derecha de un lado a otro hasta que parezca que la imagen está *animada*

¡Para un máximo rendimiento, añadir efectos sonoros personalizados!

# FLIPORAMA 1

(páginas 123 y 125)

Acuérdense de agitar *sólo*
la página 123. Mientras lo
hacen, asegúrense de que
pueden ver la ilustración de la
página 123 y la de la página 125.
Si lo hacen deprisa, las dos
imágenes empezarán
a parecer *una sola*
imagen *animada.*

¡No se olviden de añadir sus propios
efectos sonoros especiales!

**AQUÍ MANO IZQUIERDA**

# ¡EL PROFESOR PIPICACA DA MÁS GOLPES QUE UNA ESTACA!

AQUÍ
PULGAR
DERECHO

AQUÍ
ÍNDICE
DERECHO

¡EL PROFESOR PIPICACA
DA MÁS GOLPES
QUE UNA ESTACA!

# FLIPORAMA 2

(páginas 127 y 129)

Acuérdense de agitar *sólo* la página 127. Mientras lo hacen, asegúrense de que pueden ver la ilustración de la página 127 y la de la página 129. Si lo hacen deprisa, las dos imágenes empezarán a parecer *una sola* imagen *animada.*

¡No se olviden de añadir sus propios efectos sonoros especiales!

AQUÍ MANO IZQUIERDA

# ¡PERO EL HÉROE DEL CALZÓN TIENE CABEZA DE HORMIGÓN!



AQUÍ PULGAR DERECHO

AQUÍ
ÍNDICE
DERECHO

**¡PERO EL HÉROE DEL CALZÓN TIENE CABEZA DE HORMIGÓN!**

# FLIPORAMA 3

(páginas 131 y 133)

Acuérdense de agitar *sólo* la página 131. Mientras lo hacen, asegúrense de que pueden ver la ilustración de la página 131 y la de la página 133. Si lo hacen deprisa, las dos imágenes empezarán a parecer *una sola* imagen *animada.*

¡No se olviden de añadir sus propios efectos sonoros especiales!

AQUÍ MANO IZQUIERDA

# ¡LA PATADOTA DEL GIGANTE ES DE EFECTO FULMINANTE!



AQUÍ
PULGAR
DERECHO

AQUÍ
ÍNDICE
DERECHO

**¡LA PATADOTA DEL GIGANTE ES DE EFECTO FULMINANTE!**

# FLIPORAMA 4

(páginas 135 y 137)

Acuérdense de agitar *sólo*
la página 135. Mientras lo
hacen, asegúrense de que
pueden ver la ilustración de la
página 135 y la de la página 137.
Si lo hacen deprisa, las dos
imágenes empezarán
a parecer *una sola*
imagen *animada.*

¡No se olviden de añadir sus propios
efectos sonoros especiales!

**AQUÍ MANO IZQUIERDA**

**¡AL FIN, VICTORIA TOTAL DEL GUERRERO COLOSAL!**



AQUÍ
PULGAR
DERECHO

**¡AL FIN, VICTORIA TOTAL DEL GUERRERO COLOSAL!**

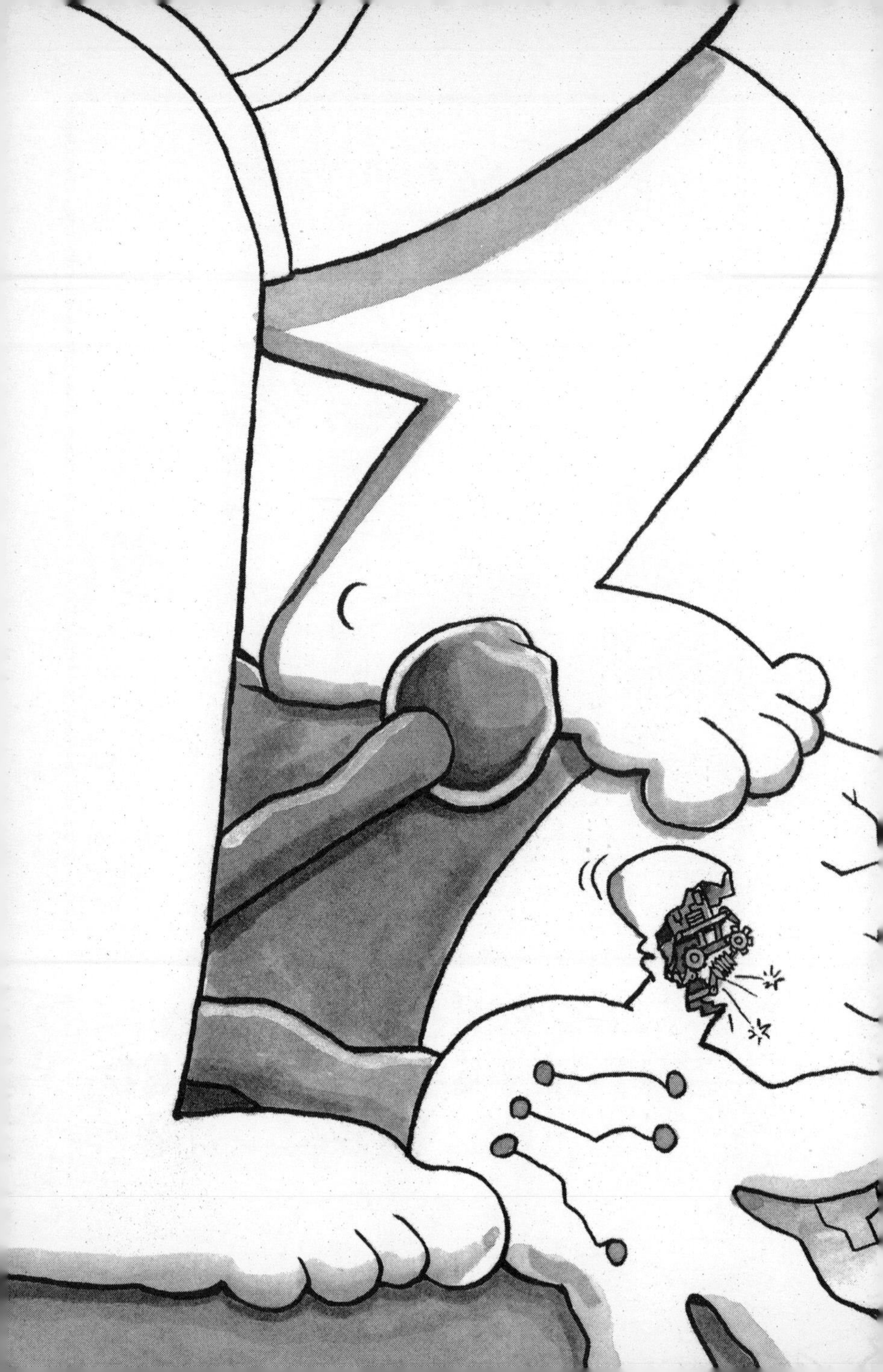

## CAPÍTULO 22

# O SEA, EL CAPÍTULO VIGÉSIMO SEGUNDO

El profesor Pipicaca había sido derrotado y la escuela entera estalló en aullidos de júbilo. Seguían siendo minúsculos, pero al menos habían recuperado sus nombres de antes.

—¡Qué alivio no tener ya un nombre bobo! —dijo la señora Pichote.

—Desde luego —dijo el señor Regúlez.

—¡Hurra! —gritó Jorge—. ¡El Capitán Calzoncillos se merece que le echemos todos una *mano*!

A Berto no le hizo gracia aquello.

—Vaya... —dijo Jorge—. Lo siento.

—No importa —dijo Berto—, pero dame esa especie de invento para que volvamos todos al tamaño normal.

Berto sujetó el Gansoestirotrón 4000 con su mano gigante, le disparó una dosis de rayos a Jorge y luegó se la disparó a sí mismo (o sea, a todo su cuerpo MENOS a su mano gigante).

¡GLLLLUUUUZZZZZZZZZRRRRRT!

En un momento, Jorge y Berto habían recuperado su tamaño normal.

—¡Qué barbaridad! —dijo Jorge—. Hemos puesto a prueba los límites de la ciencia!

—¡Y también los de la paciencia y la credulidad de los lectores! —dijo Berto.

—Pues... ssssí —dijo Jorge—. Eso también.

Jorge y Berto llevaron la escuela encogida a su sitio de siempre. Una vez allí, Jorge apuntó a la escuela con el Gansoestirotrón 4000 y Berto se dispuso a dispararle al Capitán Calzoncillos con el Cerdoencogetrón 2000.

—Espero que esto funcione —dijo Jorge.

—Yo también —dijo Berto.

## CAPÍTULO 23

# EN RESUMIDAS CUENTAS

Funcionó.

CAPÍTULO 24

# EL CAPÍTULO ANTERIOR AL ÚLTIMO CAPÍTULO

Jorge se llevó al Capitán Calzoncillos a los arbustos que había detrás de la escuela y le ordenó que volviera a vestirse de señor Carrasquilla.

—Rapidito —dijo—, que no tenemos todo el día.

Luego Berto se divirtió muchísimo con la manguera y, en cuestión de segundos, el señor Carrasquilla había recuperado su odiosa personalidad de toda la vida.

Muy pronto apareció la policía para detener al profesor Pipicaca.

—Hay algo que no entiendo —le dijo Jorge al profesor—. ¿No hubiera sido más inteligente que cambiara usted su propio nombre en vez de obligar al resto del género humano a cambiar los suyos?

—¡Cielos! —dijo el profesor Pipicaca—. ¡No se me había ocurrido!

Unas semanas más tarde, Jorge y Berto recibieron una carta de la Penitenciaría del Estado de Palizona.

Queridos Jorge y Berto:

Siento mucho haber intentado poner el mundo patas arriba y todo lo demás. He decidido seguir su consejo y cambiarme el nombre para que la gente no se ría más de mí.

A partir de ahora utilizaré el de mi abuelo materno. Es un gran alivio saber que nadie volverá a reírse de mi nombre jamás.

Firmado,
Cocoliso Cacapipí

JA
JA
JA-JA-JA-J
JEE
JEE
JA
JA
JA
JA
JA
JA
PENI-
TENCI
RÍA

## CAPÍTULO 25

# O SEA, EL CAPÍTULO SIGUIENTE AL PENÚLTIMO CAPÍTULO

—¿Sabes una cosa? —dijo Jorge—. La verdad es que hay algo que he aprendido hoy.

—¿Y qué es? —preguntó Berto.

—He aprendido que no está bien reírse de la gente —dijo Jorge.

—¡Qué impresión! —comentó Berto—. Creo que es la primera vez que una de nuestras historias tiene moraleja.

—Y probablemente sea la última vez.

—¡Ojalá! —dijo Berto.

Pero Jorge y Berto se habían olvidado de la otra moraleja que habían aprendido al cabo del tiempo y que era: "nunca, nunca, NUNCA, hipnoticen a su director".

Porque si lo hacen, su vida irá de mal en peor...

¡al chasquido de un dedo!

Y así...

—¡AY, MADRE! —grita Berto.

—¡YA ESTAMOS OTRA VEZ! —grita Jorge.

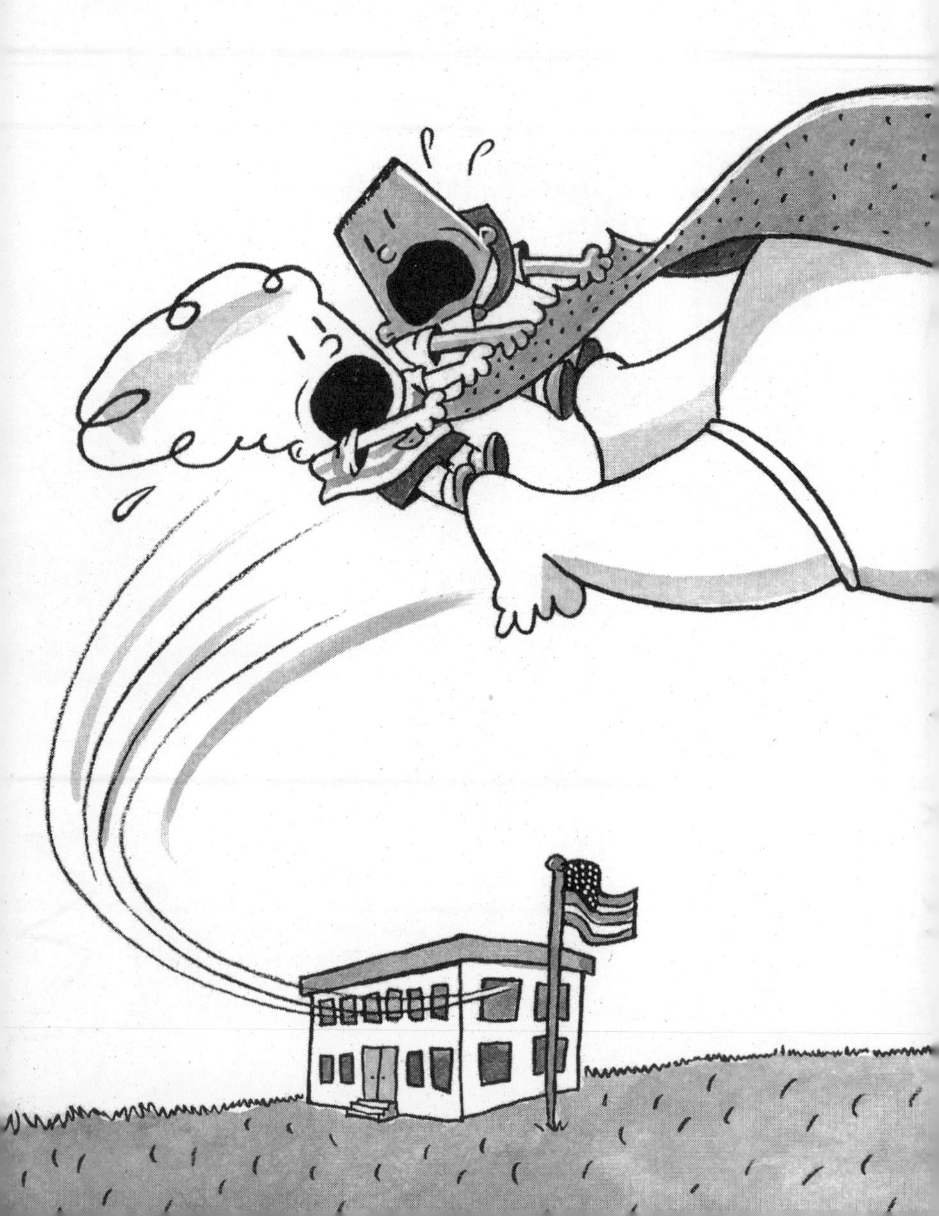

¡TATATA-
CHÁÁNN!